꼬마 괴물과 나탈리

SEOUL, 2003

꼬마 괴물과 나탈리

초판 제1쇄 발행일 2003년 4월 25일
초판 제69쇄 발행일 2022년 3월 20일
글 재클린 윌슨 그림 닉 샤랫 옮김 지혜연
발행인 박헌용, 윤호권 발행처 (주)시공사
주소 서울시 성동구 상원1길 22, 6-8층 (우편번호 04779)
대표전화 02-3486-6877 팩스(주문) 02-585-1247
홈페이지 www.sigongsa.com/www.sigongjunior.com

ISBN 978-89-527-8688-3 74840
ISBN 978-89-527-5579-7 (세트)

*시공사는 시공간을 넘는 무한한 콘텐츠 세상을 만듭니다.
*시공사는 더 나은 내일을 함께 만들 여러분의 소중한 의견을 기다립니다.
*잘못 만들어진 책은 구입하신 곳에서 바꾸어 드립니다.

KC마크는 이 제품이 공통안전기준에 적합하였음을 의미합니다.
제조국 : 대한민국   사용 연령 : 8세 이상
책장에 손이 베이지 않게, 모서리에 다치지 않게 주의하세요.

꼬마 괴물과 나탈리

재클린 윌슨 글 · 닉 샤랫 그림 · 지혜연 옮김

시공주니어

1

나탈리는 정말 따분했다.

교실에서는 하늘을 나는 모형 만들기 수업이 진행 중이었다.

나탈리는 커다란 새를 만들었지만 날개가 힘없이 처져 버렸다. 새는 제대로 날지 못했다.

나탈리는 친구들에게 말을 걸었다.

"다들 토요일에 뭘 했니?"

클레어가 대답했다.

"난 수영장에 갔었어."

조가 말했다.

"난 맥도날드에 갔었지."

리도 지지 않고 말했다.

"난 축구 경기를 보러 갔었어."

클라이브가 자랑을 늘어놓았다.

"난 할머니와 쇼핑을 갔었어. 할머니가 내게
5파운드를 주셨단다. 그리고 초콜릿도 사 주셨어.

얼마나 맛있었는지 몰라."

나탈리가 말했다.

"내가 토요일에 뭘 했는지 듣고 싶니? 제일 먼저 수영장에 갔었어. 그런데 수영장에 진짜 돌고래가 있는 거야. 그래서 돌고래 등을 타고 놀았지. 그러고는 맥도날드에 가서 빅맥 20개를 먹고, 딸기맛 밀크셰이크도 20잔 마셨어. 그 다음엔 축구 경기를 보러

갔었어. 그런데 글쎄, 내가 그 날의 마스코트가 되지 않았겠니. 내가 시축을 했더니, 사람들이 모두 환호성을 지르고 난리도 아니었어. 그러고는 할머니하고 쇼핑을 갔었어. 할머니가 나에게 50파운드를 주셨단다. 그리고 초콜릿도 굉장히 많이 사 주셨어."

클라이브가 물었다.

"얼마나 많이?"

리가 클라이브에게 핀잔을 주었다.

"이 바보야, 나탈리가 다 지어 낸 이야기야."

헌터 선생님이 말했다.

"자, 다들 조용히! 나탈리, 그만 떠들고 만들기나

마저 해라. 이야기 시간은 오후에 따로 있잖니. 오늘 오후에는 아주 특별한 시간이 마련되어 있단다."

나탈리가 중얼거렸다.

"이번 시간이 특별한 시간이었으면 좋겠다. 아, 정말 따분하고, 지루하고, 재미없어."

나탈리는 한숨을 내쉬며 기지개를 켰다.

그러다 문득 나탈리는 유리창을 올려다보았다. 유리창턱에 놓여 있는 화분이 눈에 띄었다. 그런데 화분 속에 심어져 있는 화초가 움직이고 있었다.

나탈리는 눈을 끔벅거렸다. 또 다시 화분 속 화초
가 움직이고 있었다. 위를 향해!

화분 속 화초가 하늘로 날아가려는 걸까?

그 때 나탈리는 똑똑하게 보았다.

정작 공중으로 날아가고 있는 것은 화분 속 화초
가 아니었다. 그건 화분을 받치고 있던 접시였다.

그저 꽃무늬가 그려진 평범하기 이를 데 없는 접시였는데. 오늘은 그 접시에 날개가 달려 있었다.

나탈리가 말했다.

"그래, 틀림없어! 저게 바로 비행접시라는 거야!"

나탈리는 접시를 자세히 보기 위해 가까이 다가갔다. 그런데 접시에 아주 자그마한 물체가 서 있었다.

'개미인가?'

나탈리는 낄낄거리면서 말했다.

"하늘을 나는 흑개미!"

하지만 그건 개미가 아니었다. 아주, 아주, 아주, 아주 작은 꼬마 괴물이었다.

정신 없이 헝클어진 머리카락에 뾰족한 이빨, 그리고 날카로운 손톱에 긴 꼬리가 달린 꼬마 괴물이

었다. 하지만 사나워 보이지는 않았다. 오히려 친근

감이 들 정도였다.

　나탈리가 말을 걸었다.

　"안녕!"

　꼬마 괴물이 대답했다.

　"안녕!"

　나탈리가 다시 말했다.

"조금 크게 말해 줄래? 네 목소리가 잘 안 들려."

꼬마 괴물이 대답했다.

"지금도 목이 터져라 소리를 지르는 거야. 그런데 넌 좀 조용조용 말해 줄 수 없니? 귀가 찢어질 것 같아."

나탈리는 목소리를 낮추어 물었다.

"이게 네 비행접시니?"

나탈리는 얼마나 조용조용 말을 했던지 입술도 거의 움직이지 않았다.

꼬마 괴물은 자랑스럽게 고개를 끄덕였다.

꼬마 괴물이 물었다.

"내가 휙휙 빙글빙글 멋지게 나는 걸 보고 싶지 않니?"

나탈리가 대답했다.

"그래, 보고 싶어!"

꼬마 괴물은 아주 조그마한 발로 바닥을 톡톡 쳤다. 그러자 접시는 자그마한 날개를 퍼덕이며 공중에서 휙휙 빙글빙글 날았다. 화초의 잎사귀들이 요란하게 흔들렸다.

꼬마 괴물은 나탈리의 머리 주위를 빙글빙글 돌면서 손을 흔들었다. 나탈리는 머리가 어찔어찔했다. 화초의 이파리가 정신 없이 요동을 쳤다.

그러다 그만 화분이 접시에서 기우뚱하더니 요란한 소리를 내며 교실 바닥에 떨어졌다. 화분은 산산 조각이 나고 말았다.

꼬마 괴물이 놀라 소리쳤다.

"아이고, 어쩌나!"

나탈리도 소리를 질렀다.

"어머, 이걸 어쩌지! 선생님이 뭐라고 하실까?"

2

헌터 선생님의 꾸중은 끝없이 이어졌다.

"이 말썽꾸러기! 너, 유리창에 가서 무슨 짓을 한

거니? 화초를 일부러 넘어뜨린 거 아니야?"

나탈리는 억울했다.

"아니에요, 제가 그런 게 아니라고요."

"제가 그랬어요."

접시를 타고 날고 있던 꼬마 괴물이 나탈리 뒤에
서 그렇게 말했다.

헌터 선생님은 아무 소리도 듣지 못하고 계속 야단을 쳤다.

"이 엉망이 된 바닥 좀 봐라! 나탈리, 창고에 가서 쓰레받기와 빗자루를 가져 와. 그리고 바보같이 실실 웃지 좀 말아라. 이게 웃을 일이냐."

나탈리는 웃음을 그칠 수가 없었다. 꼬마 괴물이 자그마한 손톱으로 나탈리의 목덜미를 간질이고 있었기 때문이었다.

나탈리는 서둘러 교실을 빠져 나왔다.

비행접시도 나탈리의 머리 주위를 빙글빙글 돌며
나탈리를 따라 밖으로 나왔다.

꼬마 괴물이 큰 소리로 물었다.

"그런데 지금 어디로 가는 거니?"

나탈리가 대답했다.

"빗자루하고 쓰레받기를 가지러."

꼬마 괴물이 나탈리를 부추겼다.

"아이고, 따분해라. 정말 재미없다, 재미없어. 그

러지 말고 나하고 나가서 신나게 날아 보자. 내 접시
에 올라타 봐."

나탈리가 대답했다.

"그건 불가능해. 내가 너무 크잖아. 아마 접시도
부서질 거고, 너도 납작하게 뭉개질걸."

꼬마 괴물이 말했다.

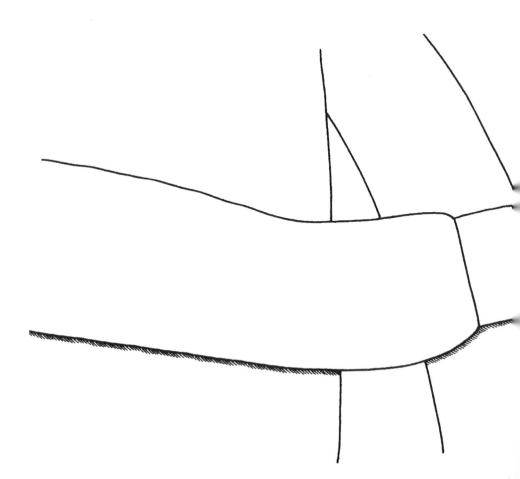

"내가 작게 만들어 줄 수 있어. 내 손을 잡아 봐."

나탈리가 손을 내밀었다. 나탈리의 손은 엄청나게 커 보였다. 꼬마 괴물도 아주 조그마한 손을 앞으로 내밀었다.

그러자 나탈리의 몸이 갑자기 작아지기 시작했다.

나탈리는 마치 누군가가 아주 강력한 마법의 비누

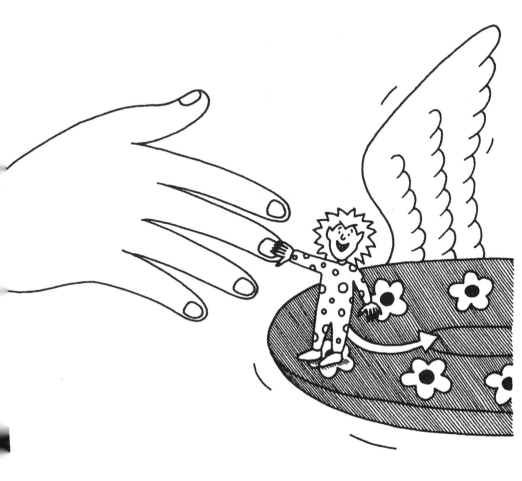

로 자기 몸을 문질러 대는 느낌이 들었다.

　나탈리의 몸은 점점 작아져 갔다.

　마침내 나탈리는 꼬마 괴물과 비슷하게 작아졌다.

이제 꼬마 괴물이 더 이상 작아 보이지 않았다.

　꼬마 괴물의 머리는 정신 없이 헝클어져 있었다.

이빨은 무척 뾰족했다. 손톱은 매우 날카로웠고, 꼬리는 아주 길었다.

하지만 이상하게도 전혀 사나워 보이지 않았다. 오히려 친근한 모습을 하고 있었다.

꼬마 괴물이 말했다.

"자, 같이 날아 보자. 전속력으로 날아 볼까?"

나탈리가 대답했다.

"좋지."

꼬마 괴물이 작은 발로 바닥을 톡톡 구르자, 접시의 날개가 무서운 속도로 퍼덕이기 시작했다. 접시는 휙 하고 학교 복도를 따라 쏜살같이 날아갔다.

나탈리가 소리쳤다.

"으아아아악!"

"이 정도는 천천히 기어가는 거라고 할 수 있지. 자, 이제 밖으로 나가자."

꼬마 괴물은 으쓱거리며 자랑하기에 바빴다.

나탈리는 고개만 끄덕였다.

나탈리는 제대로 숨을 쉴 수도 없어서 소리내어 대답을 하지 못했다.

나탈리와 꼬마 괴물은 무서운 속도로 운동장을 가로질러 날아갔다.

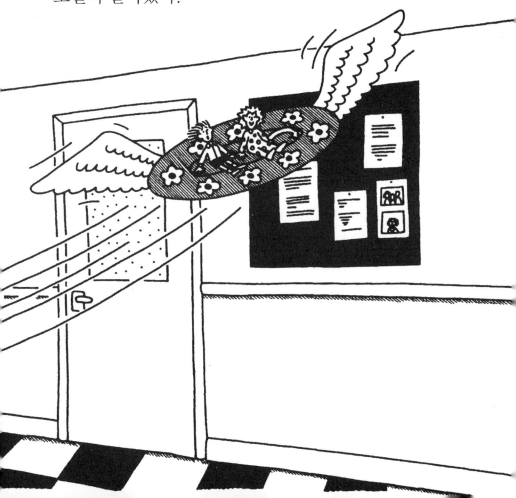

나탈리가 소리쳤다.

"야! 신난다. 곧장 저 지붕을 넘어 날아갈 수도 있니?"

"두말하면 잔소리지."

나탈리와 꼬마 괴물은 굴뚝을 휙휙 감아 돌며 날아갔다.

꼬마 괴물이 말했다.

"자, 이젠 공중 낙하도 해 볼까?"

나탈리와 꼬마 괴물은 휙 하고 곧장 공원을 향해
곤두박질치듯 내려갔다.

오리가 헤엄쳐 노는 연못은 높은 하늘에서 내려다
볼 때는 보잘것 없는 물웅덩이처럼 보였다. 하지만
점점 더 연못에 가까이 내려갈수록…… 오리가 점점
더 커 보이기 시작했다.

나탈리가 외쳤다.

"빨리! 다시 올라가자. 그렇지 않으면 오리에게
잡아먹힐 거야."

꼬마 괴물이 나탈리를 놀렸다.

"아이고, 병아리처럼 겁이 많기는."

나탈리가 소리쳤다.

"병아리가 아니라, 오리라니까!"

나탈리와 꼬마 괴물은 아슬아슬하게 다시 하늘로

솟아올라갔다.

오리들은 멍청하게 꽥꽥거리기만 했다.

나탈리가 말했다.

"우리 집이 바로 공원 옆이야. 저기 우리 집이 보여. 저기 봐, 우리 엄마와 동생들이야!"

꼬마 괴물이 물었다.

"우리 엄마와 동생들도 만나 보고 싶지 않니?"

나탈리가 대답했다.

"물론이야."

"좋아. 자, 꼬마 괴물 나라로 출발!"

3

비행접시의 날개가 엄청나게 커지고 있었다. 퍼덕이는 날개에 놀라운 가속도가 붙었다.

비행접시는 직선을 그리며 하늘로 치솟았다.

어느 새 비행접시는 세상에서 제일 높은 건물보다도 더 높이 올라가 있었다.

비행접시는 지구를 뒤로 하고 다른 별을 향해 날
아가고 있었다. 꼬마 괴물 나라로.

꼬마 괴물이 소리쳤다.

"바로 저기야!"

"아주 작은 별이네."

꼬마 괴물이 대답했다.

"우리가 작으니까."

나탈리가 다시 말했다.

"물이 보인다."

꼬마 괴물이 대답했다.

"우리 별의 바닷가야."

나탈리가 다시 말했다.

"꼬마 괴물들이 아주 많이 보여."

모두 정신 없이 헝클어진 머리카락에 뾰족한 이빨, 날카로운 손톱에 긴 꼬리를 가지고 있었다. 하지만 사나운 모습은 아니었다. 모두 착해 보였다.

꼬마 괴물이 물었다.

"우리 배를 타고 나가 볼까?"

"좋지! 얘, 그런데 너희 별에도 돌고래가 있니?"

"잘 봐!"

꼬마 괴물은 그렇게 대답하고는 휘파람을 불었다.

그러자 아주 특이하게 생긴 돌고래 여섯 마리가

물 속에서 훌쩍 뛰어올랐다가 다시 풍덩 하고 물 속

으로 들어갔다.

가장 환하게 웃음을 짓는 돌고래가 나탈리를 등에

태워 주었다.

나탈리가 말했다.

"너무 재미있어. 하지만 옷이 전부 젖어 버렸어."

"해변에 가면 옷을 말려 주는 특별한 용이 있어."

꼬마 괴물은 그렇게 대답하고는 비행접시를 적당

한 곳에 세웠다.

꼬마 괴물이 물었다.

"어떤 용으로 할래, 따뜻한 바람 용, 뜨거운 바람
용, 아니면 초강력 사우나 용?"

나탈리가 대답했다.

"그저 따뜻하기만 하면 돼."

나탈리의 몸은 순식간에 아주 따뜻해졌다.

꼬마 괴물은 초강력 사우나 용을 사용했다.

바람이 얼마나 불붙는 듯 뜨거웠던지 꼬마 괴물은
몸에다 달걀 프라이를 해 먹을 수 있었다.

꼬마 괴물이 물었다.

"너도 달걀 하나 먹을래?"

"달걀은 생각 없는데 배가 고파 죽을 지경이야."

꼬마 괴물이 물었다.

"괴물버거 먹으러 갈까?"

"그거 듣던 중 반가운 소리다!"

나탈리는 괴물버거를 먹었다. 먹고, 또 먹고, 또 먹고……. 목이 마르면 예쁜 분홍색 분수대로 갔다.

분수대에서는 딸기맛 괴물 밀크셰이크가 뿜어져 나
오고 있었다.

나탈리가 말했다.

"너무 잘 먹었어. 배가 부르다."

꼬마 괴물이 말했다.

"그럼 쇼핑이나 하자."

"하지만 난 돈이 없는데……."

꼬마 괴물이 대답했다.

"걱정할 것 없어. 우리 별은 나무에서 돈이 자라거

든. 봐, 그냥 가서 따고 싶은 만큼 따면 되는 거야!"

나탈리와 꼬마 괴물은 주머니 가득 괴물 나라의 돈을 땄다. 그러고는 쇼핑센터에 갔다.

애완동물을 파는 가게가 있었다. 괴물 강아지, 괴물 고양이, 괴물 토끼, 괴물 햄스터, 괴물 생쥐 들이 있었다.

나탈리는 새 종류가 제일 마음에 들었다. 나탈리는 새를 몽땅 사서 전부 새장에서 풀어 주었다. 새들은 날개를 퍼덕거리며 멀리멀리 날아갔다.

꼬마 괴물이 말했다.

"이제 스포츠 용품을 파는 가게로 가 보자."

"좋아, 난 축구공을 살 거야."

꼬마 괴물이 물었다.

"넌 어느 팀을 응원하니? 난 괴물 마블즈를 좋아
해."

나탈리가 대답했다.

"나도 그래."

꼬마 괴물이 물었다.

"우리 축구 경기 보러 갈까?"

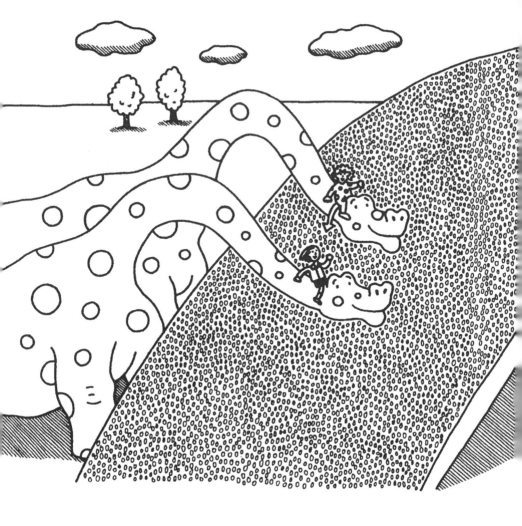

"좋지!"

괴물 나라의 축구장은 꼬마 괴물들로 꽉 차 있었
다. 나탈리와 꼬마 괴물은 아주 특별한 방법으로 자
리를 안내 받았다.

"힘내라! 괴물 마블즈."

선수들이 경기장으로 달려나와 나탈리에게 손을
흔들며 큰 소리로 외쳤다.

"나탈리, 우리를 위해 시축을 해 주세요!"

나탈리는 정말 멋지게 골을 넣었다.

"나탈리 만세!"

괴물들은 환호성을 질렀다. 나탈리는 공중으로 펄
쩍 뛰었다.

경기가 끝난 후, 꼬마 괴물은 나탈리를 자기 할머
니네 집으로 데려갔다.

괴물 할머니는 나탈리와 꼬마 괴물을 즐겁게 반겨
주었다. 할머니는 뜨거운 코코아도 타 주고, 시원한
초콜릿 아이스크림도 주었다. 그리고 엄청나게 많은
초콜릿도 주었다.

할머니 괴물이 말했다.
"엄마에게는 아무 말도 하지 마라. 그랬다간 이빨
이 어쩌고저쩌고 잔소리가 늘어질 테니."
나탈리가 꼬마 괴물에게 말했다.

"네 엄마와 동생들도 보고 싶어."

꼬마 괴물이 대답했다.

"그래. 자, 비행접시에 올라타."

나탈리와 꼬마 괴물은 꼬마 괴물의 집으로 날아
갔다.

"저기 있다! 저분이 우리 엄마야. 그리고 쟤들이
동생들이고."

나탈리가 말했다.

"우리 동생들도 장난이 얼마나 심한지 다들 괴물
같아."

꼬마 괴물의 엄마가 소리쳤다.

"아니, 너 지금 이 시간에 학교에 안 있고, 왜 여기 있니? 아이고, 이 말썽꾸러기 녀석아."

꼬마 괴물이 놀라 소리쳤다.

"아, 참, 학교!"

"당장 학교로 돌아가지 못해!"

나탈리와 꼬마 괴물은 학교로 날아갔다. 괴물 나라 선생님도 정신 없이 헝클어진 머리카락에 뾰족한 이빨, 그리고 날카로운 손톱에 긴 꼬리가 달려 있었다.

선생님은 너무나 무섭게 생긴 괴물이었다. 너그러운 구석이라고는 찾아볼 수가 없었다.

선생님이 물었다.

"도대체 너 어디 갔다 이제야 나타난 거냐? 그리고 이 이상하게 생긴 여자 아이는 또 누구냐?"

꼬마 괴물이 대답했다.

"이 아이는 다른 별에서 온 나탈리라는 제 친구예

요. 지구라는 별에서 휙 하고 우리 별로 날아왔어요."

선생님은 야단을 쳤다.

"너 또 허무맹랑한 이야기를 지어 내고 있구나! 정말 혼 좀 나봐야겠다, 이 말썽꾸러기야."

꼬마 괴물이 말했다.

"오, 세상에! 도망가자, 나탈리!"

나탈리와 꼬마 괴물은 다시 비행접시에 올라탔다.

꼬마 괴물이 외쳤다.

"지구를 향해 출발, 전속력으로!"

비행접시는 무서운 속도로 아래로, 점점 아래로
내려갔다. 지구를 향해…….

어느 새 나탈리가 다니는 학교 위였다.

나탈리가 말했다.

"난 정말 돌아가고 싶지 않아. 아마 나도 굉장히
혼날 거야. 그냥 너와 같이 지내면서 신나게 놀았으
면 좋겠다."

4

나탈리가 말했다.

"정말 너와 헤어지고 싶지 않아!"

꼬마 괴물이 위로를 했다.

"걱정하지 마. 난 다시 돌아올 거야."

나탈리가 되물었다.

"약속하지?"

꼬마 괴물이 대답했다.

"물론이야."

나탈리가 막 접시에서 뛰어내리려는 순간, 거대한 괴물이 나타났다.

나탈리가 소리쳤다.

"으아아아악!"

거대한 괴물이 울부짖었다.

"야옹!"

나탈리가 말했다.

"학교에서 기르는 고양이인데, 이젠 나보다 엄청나게 크네."

꼬마 괴물이 말했다.

"이 어리석은 친구야, 내 손을 잡고 흔들어 봐. 그럼, 넌 다시 커지게 될 거야."

나탈리는 꼬마 괴물의 손을 꼭 잡았다. 그러자 나탈리의 몸은 다시 커지기 시작했다.

이제는 조그맣게 보이는 꼬마 괴물이 말했다.

"내가 뭉개지기 전에 어서 접시에서 뛰어내려."

나탈리는 운동장으로 뛰어내렸다.

어느 새 나탈리는 다시 예전처럼 돌아와 있었다.

나탈리는 고양이를 쓰다듬으며 한 손으로 꼬마 괴물과 작별 인사를 했다. 그러고는 빗자루와 쓰레받기를 들고 다시 교실로 달려갔다.

헌터 선생님은 몹시 화를 내며 꾸짖었다.

"나탈리! 너 도대체 어디 있다가 이제 나타난 거냐?"

나탈리가 대답했다.

"적어도 우리가 사는 이 지구에는 없었어요, 헌터 선생님. 제 말 좀 들어 보세요."

나탈리는 꼬마 괴물 나라에 대해 이야기를 했다.

모두들 나탈리의 이야기를 재미있어 했다. 하지만
헌터 선생님은 아니었다.

"너 또 허무맹랑한 이야기를 지어 내고 있구나, 나
탈리."

나탈리는 헌터 선생님께 크게 꾸중을 듣고 말았다.

하지만 오후가 되자 나탈리의 기분은 풀렸다.

아주 특별한 손님이 학교에 찾아온 것이다. 구연
동화 선생님이었다.

구연 동화 선생님은 아이들에게 생쥐와 어릿광대,

왕자님과 코끼리, 그리고 생강빵 인형에 대한 이야
기를 해 주었다.

구연 동화 선생님이 말했다.

"자, 이제부터 내가 제일 좋아하는 이야기를 들려
주겠어요. 꼬마 괴물들에 대한 이야기랍니다."

구연 동화 선생님이 이야기를 시작했다.

"옛날 옛날에 아주아주 조그마하고 귀여운 꼬마
괴물이 살고 있었어요. 정신 없이 헝클어진 머리카
락에 뾰족한 이빨, 날카로운 손톱에 긴 꼬리가 달린
괴물이었지요. 그런데 이 꼬마 괴물에게는 작은 비

행접시가 있었어요."

그 소리에 모든 아이들이 소리쳤다.

"그건 나탈리의 이야기인데……. 나탈리가 이미 다 해 준 이야기예요, 선생님."

구연 동화 선생님이 말했다.

"이리 나와 볼래, 나탈리. 그래 너도 아이들에게 이야기 들려 주는 것을 좋아하니?"

"물론이죠."

"어쩌면 너도 이 다음에 커서 나처럼 훌륭한 이야기꾼이 되겠구나."

구연 동화 선생님이 다시 물었다.

"그럼, 꼬마 괴물 이야기는 네가 해 볼래?"

나탈리가 대답했다.

"네, 그건 바로 제 이야기이기도 하니까요."

"그리고 내 이야기이기도 하고."

어디에선가 들릴 듯 말 듯한 아주 작은 목소리가 들려 왔다.

나탈리와 꼬마 괴물은 친구들에게 '꼬마 괴물과
나탈리' 이야기를 함께 들려 주었다.